Hersteller / Manufacturer (GPSR)
Storylution GmbH, Biberstraße 5, 1010 Vienna, Austria
E-Mail: story.one@story.one

Die Ottilien

Berlin non-stop

story.one – Life is a story

story.one

1st edition 2024

Production, design and conception:
story.one publishing - www.story.one
A brand of Storylution GmbH

Font set from Minion Pro, Lato and Merriweather.

ISBN: 978-3-7115-1566-7

Wir danken der Berliner Stadtreinigung für die verlässlichen Lacher am Straßenrand.

INHALT

Katharina Zeyse

0 bis 2 Uhr - U-Bahnhof Rosa Luxemburg-Platz

»Wegen Verzögerungen im Betriebsablauf verzögert sich die Weiterfahrt um wenige Minuten.« Es gibt wenige Worte, die Lindas Stimmung so gefrieren lassen wie diese. Was soll das bitte bedeuten? Das ist einfach nur elegant ausgedrückt für: Die Bahn kommt zu spät, weil sie zu spät kommt. Den Grund können Sie sich selbst aussuchen.

Die Bahn steht eine Weile im Bahnhof am Rosa-Luxemburg-Platz, so kurz vor dem Alex, wo Linda aussteigen will. Sie könnte auch hier schon aussteigen und laufen, allerdings brennen ihre Füße.

Sie hat sich extra für Patrick von Tinder in vorne spitz zulaufende Stiefeletten von Gucci gezwängt, die inzwischen die Zirkulation zu ihrem großen Zeh ab-schneiden. Patrick hat sich als misogynes Arschloch herausgestellt, und Linda bereut alle Schmerzen, die sie sich für diesen Abend selbst eingebrockt hat. Die Füße, der komplett gewachste Körper, alles.

Es ist immer eine merkwürdige Stimmung,

wenn die Bahn eigentlich fahren sollte, es aber nicht tut. Es ist merkwürdig ruhig, Gespräche liegen in der Luft, werden aber nicht geführt, weil alle auf den Lärm der Maschinen warten. Linda schaut auf ihre Armbanduhr, obwohl sie es nicht eilig hat. Niemand wartet zu Hause auf sie.

Mit einem leisen Pling öffnen sich die Türen und eine vernuschelte Ansage bittet alle Fahrgäste, den Zug zu verlassen. Linda verdreht die Augen und steht auf. Ihre Füße tun weh. Sie setzt sich auf eine Gitterbank und schließt die Augen. Ein unangenehm chemischer Geruch weht ihr in die Nase.

»Entschuldigung, aber könnten Sie Ihr Crack bitte woanders rauchen?«, fragt sie und lächelt höflich.

Der Obdachlose trägt eine abgewetzte Daunenjacke in flamingorosa und hat eine Lidl-Tüte mit Pfandflaschen vor sich stehen. Er öffnet den Mund, schließt ihn wieder, drückt seine Pfeife aus und schiebt sie sich in die Jackentasche.

»Tut mir leid«, murmelt er.

»Alles gut«, sagt Linda.

»Sie sehen gestresst aus«, sagt er.

Linda seufzt. »Bin ich auch. Bahnfahren nervt. Sie sehen auch gestresst aus.«

Er zuckt mit den Schultern. »Ich bin halt dro-

gensüchtig, wissen Sie. Das stresst.«
Linda nickt, obwohl sie sich das eigentlich nicht vorstellen kann.
Der Bahnhof füllt sich mit gestrandeten Fahrgästen. Ein junger Mann nimmt neben Linda und dem Obdachlosen Platz. Er holt einen Stängel Brokkoli aus seinem Rucksack, bricht eines der Röschen ab und beißt hinein.
»Entschuldigen Sie, aber hätten Sie vielleicht etwas Kleingeld für mich?«
Der Mann in den engen Jeans schüttelt den Kopf.
»Oder eine Pfandflasche? Oder vielleicht etwas zu essen?«
»Ich hätte nur etwas Brokkoli«, sagt der Mann, »den kann man auch roh essen.« Er bricht ein Röschen ab und hält es dem Obdachlosen hin. Der nimmt es zögerlich und beißt hinein. Linda ist sich sicher, dass man Brokkoli nicht roh essen sollte, aber sie behält es für sich. Wahrscheinlich immer noch gesünder, als Crack zu rauchen.
»Wollen Sie auch was?«, fragt der Mann in der engen Jeans.
Linda hat so ein Glück. Noch bevor sie das Gemüse ablehnen muss, fährt endlich die U-Bahn ein.

Silke Stend

2 bis 4 Uhr - Linienstaße/ Kleine Rosenthaler

Mit der Tüte ums Handgelenk ist die U-Bahn-Treppe zu schmal für beide. Eine der Plastikflaschen aus seiner Tasche klappert die Stufen hinunter und rollt in ein kleines Biotop aus Rotze und Kippenstummeln. Die ist hin. Jun murmelt eine Entschuldigung. Das Mädchen im roten Mantel, das er angerempelt hat, starrt ihn an. Sie verzieht den Mund. Erwidert nichts.

»Sorry, Mann.«

Natürlich schaut sie nur schockiert. Ihre Erscheinung schreit nach Skincare-Routine und Startup-Vibe. Rosenthaler Platz, was hat er da schon erwartet. Jun entschuldigt sich nochmal, doch sie ist schon wieder auf dem Weg runter, Richtung normales Leben. Die Luft draußen ist nachtkühl und feucht. Der Vorgeschmack auf morgendlichen Tau. Einzelne Autos rattern über den Asphalt und die Tramgleise in Richtung Stadtmitte. Der Wind schneidet in jeden freien Zentimeter Haut. Jun lässt die Hände in den rosa Ärmeln verschwinden und zieht den

Kopf ein. Wieder knallt die Plastiktüte gegen etwas, das er im Dunkeln nicht gesehen hat.

»Entschuldigung!« Diesmal sagt er es ganz laut. Der Mülleimer, gegen den er geprallt ist, antwortet nicht. Auf der zerkratzten, schmutzbesudelten Haube klebt ein Sticker auf dem *Eimer liebt dich* steht.

»Sorry.« Jun nickt dem Eimer zu. Eimer wohl besser als keiner. Der Wind pfeift ihm Tränen in die Augenwinkel. An der Kreuzung links in die Linienstraße, dann nur noch ein paar Schritte bis zur nächsten Ecke. Mitten rein, zwischen die glattgeputzten Fassaden und Balkonbepflanzung. Ein schwarzer Tesla surrt an ihm vorbei. Wie Geister, diese neuen E-Autos. Eine alte Frau mit Perlenkette und frisiert schaut mit wachen Augen vom Beifahrersitz zu ihm hoch. Jun hebt die Hand. Nie winkt einem einer zurück. Neben einem Pop-up-Store endlich die schmutzgraue Fassade, die er gesucht hat. Parolen schreien neonfarben von den Wänden. Putz bröckelt wie nasse Tafelkreide auf den Bordstein. Jun drückt sich in den Hauseingang, um sich vor dem Wind zu verstecken.

»Bin da.« Er tippt die Nachricht auf dem Handy und wartet. Die Flamingo-Jacke hält wirklich nicht besonders warm, aber sie riecht noch einen Hauch nach Helenas Parfum. Hinter ihm scheppert es. Die Tür, eher ein schiefes Stück Holz, wird zur Seite geschoben. Warmes Licht lässt ihn blinzeln.

»Alter!« Helenas blonde Locken tauchen im Türspalt auf. »Was dauert das so lange? Haste mal auf die Uhr geguckt?«

»Tut mir leid.« Jun reicht ihr die Tüte. Hinter Helena weht es wohnzimmerwarm aus dem Flur.

»Jacke!« Sie streckt die Hand aus.

»Helena, es tut mir …«

»Jacke!« Ihre Stimme ist kälter als der nächtliche Wind. Jun zieht den linken Arm aus dem Ärmel. Helena greift nach dem Stoff und reißt ihm den letzten Rest Wärme vom Körper. Sie schiebt das splittrige Holzbrett zu, der lauwarme Luftstrom versiegt. Es ist wieder dunkel. Jun geht die paar Schritte zu der Holztür, die ins kleine grüne Paradies des Alten Garnisonfriedhofs führt. Ein Typ in Puschen und mit Hundeleine ignoriert ihn, als sie sich am Bordstein begegnen. Hinter ihm scheppert es wieder.

»Werd endlich clean, Mann«, schreit Helena durch die Nacht. »Und hör auf dich zu entschuldigen.«

Johanna Preusse

4 bis 6 Uhr - Stabi Unter den Linden

Maude lässt sich vorm *Hotel de Rome* absetzen, sicherheitshalber, damit der Fahrer nicht ihr wahres Ziel erfährt. Sie wartet, bis der Tesla um die Ecke gebogen ist, dann läuft sie weg vom Hotel, quer über den leeren Bebelplatz. Ihre Absätze hallen auf dem Kopfsteinpflaster. Das harte, glänzend schwarze Leder drückt gegen ihren Hallux. Aber zu einem solchen Anlass orthopädische Schuhe tragen? Niemals!
Sie überquert die Straße, grüßt im Vorbeigehen das Reiterstandbild des alten Fritz und biegt in die Säulenhalle der Bibliothek.
Dort steht der Nachtwächter. Wortlos öffnet er den Seiteneingang und sie folgt ihm und seiner Taschenlampe durch die düsteren Gänge des Mitarbeitertrakts. Der Weg ist endlos. Mit jeder Ecke, um die sie biegen, mit jeder Tür, die sie passieren, drückt das Leder fester gegen Maudes Füße. Nicht an den Hallux denken. Sie konzentriert sich auf den Nachtwächter, die zu kurzen Hosenbeine seiner Uniform, die spitzen Schulterblätter unter dem dunkelblauen Stoff.

Sie erreichen den Aufzug. Es plingt, die Türen schieben sich auf und sie fahren ins tiefste der Untergeschosse. Noch einmal geht es um ein paar Ecken. Dann die Schleuse zur Schatzkammer. *Tresormagazin. Nur authorisiertes Personal*, steht auf dem aggressiv gelben Schild neben der Tür. Maude läuft Gänsehaut über die Arme. Allein für diesen Kick lohnt sich das horrende Schmiergeld.
Die letzte Tür lässt der Nachtwächter sie allein passieren. Maude folgt dem Licht, das von irgendwo zwischen den Archivregalen her schwach auf den Mittelgang dringt. Hinter ihr schließt sich die Schleusentür. Aus der Ferne kommt leise Orchestermusik. Der Marsch der Priester aus der *Zauberflöte*. Maude schreitet in dem getragenen Tempo zwischen den Regalen einher, eine Priesterin der Musik. Das Orchester wird lauter, das Licht heller.
Sie lugt um die Ecke. Da sind schon die anderen: der dicke Russe, der Bill Gates-Verschnitt, die berühmte Sängerin und der mysteriöse Blasse. Dieselben wie letztes Mal, als sie den Geist von Bach heraufbeschworen haben. Sie sitzen auf einer Decke auf dem Boden.
»Wo sind denn die Stühle?«, flüstert Maude.
»Pssst.« Der dicke Russe stellt die Musik an seinem Handy lauter.

Jaja, nicht sprechen, ist ja gut, aber wie soll sie mit ihrer Arthrose ...
Der Bill Gates-Verschnitt steht auf, reicht ihr seinen Arm. Auch die Sängerin kommt zur Hilfe. Ächzend geht Maude zu Boden und versucht, irgendwie elegant ihre Beine zu drapieren. Hätte sie doch mal eine Hose angezogen.
Da erst sieht sie das Manuskript vor sich auf der Decke liegen. Ein breiter Band in grünem Leder, mittig aufgeschlagen. Die linke Seite ist leeres Notenpapier, aber rechts! Die Handschrift des Meisters höchstselbst. *Marcia*, steht über den vielen kleinen, über die Seite tanzenden Noten – der Marsch der Priester, dessen Schlussakkord eben verklungen ist und der jetzt wieder von vorn anfängt. Welch eine Reliquie. Maudes ganzer Körper erschaudert. Sie nimmt von rechts die dargebotene Hand der Sängerin und greift links nach der von Bill Gates. Hand für Hand verbinden sie sich zu einem Kreis: Bill Gates mit dem Russen, der Russe mit dem Blassen, der Blasse mit der Sängerin. Energie fließt, wird stärker. Gemeinsam beginnen sie, sich im Takt zu wiegen. Oh heiliger Mozart, erscheine!

Anna Mai

6 bis 8 Uhr - Friedrichstraße

Sie weiß, dass sie da ist. Wie magisch angezogen schaut Suzanne über die Straße zur Staatsoper. Der Ort ihrer Träume. Der Ort ihrer Angst. Sie räuspert sich und schlingt den Wollschal enger um ihren Hals, obwohl es nicht kalt ist. Diese blöde Séance hat sie die halbe Nacht gekostet. Dabei braucht sie ihren Schlaf, so kurz vor der Premiere. Sie beschleunigt ihre Schritte. Nach Hause. Salbeitee trinken und ins Bett.

»Sannerl! Sie trifft den Takt nicht.«

So viel Vorwurf in der Stimme. Der meint doch nicht sie. Aber sonst ist ja keiner unterwegs, so früh morgens Unter den Linden, wenn die Touristen noch schlafen. Sie dreht sich um. Umrahmt vom zarten Rosa des ersten Morgenlichts steht er vor ihr. In einem dunklen Umhang, die Haare zu einem Zopf gebunden, in Strumpfhosen und Schnallenschuhen: Mozart. Das Pflaster unter ihren Stiefeln bricht auf. Sie schwankt. Greift nach dem Umhang – ins Leere – taumelt.

»An Ihrem Tempo muss Sie noch arbeiten.«

»Was für ein Tempo?«, fragt Suzanne, als der Schwindel abebbt.

»Sie summt. Die Arie. Die Königin der Nacht.«
Oje. Wenn sie auf der Straße summt, ohne es zu merken, ist das ein schlechtes Zeichen. Dann ist sie angespannt. Und das geht auf die Stimme.
Suzanne rückt wieder den Wollschal zurecht.
Mozart klatscht mit den Händen den Takt. »Ver-sto-ßen. Auf e-wig.«
»Ich weiß«, sagt Suzanne.
Das Tempo ist ihr kleinstes Problem. Ihre Stimme kippt weg. Die hohen Töne zerren an ihren Stimmbändern. Das Singen ist so anstrengend geworden. Christian hat es auch schon gemerkt ... Sie muss nach Hause. Sich ausruhen.
Suzanne hastet am Bud-Spencer-Museum vorbei und biegt in die Friedrichstraße.
»Mit Herzblut, Sannerl. Sie muss die Musik fühlen«, sagt Mozart neben ihr.
Ein kleines Mädchen kommt ihnen entgegen und winkt. »Schau mal Papa, der Mann ist verkleidet.« Der Vater schaut von seinem Handy auf, blickt sich um und zieht sie weiter.
»Außerdem ist Sie zu schmal«, sagt Mozart »Eine Stimme braucht Volumen.«
Heute will keiner mehr Volumen. Zumindest nicht da, wo der Maestro sich das denkt. *Die Gesamtperformance zählt*, sagt ihr Agent. *Denk an die Callas.* Suzanne läuft an Dussmann vorbei.

»Sie muss mehr üben. Der Takt, Sannerl. Der muss genau auf den Punkt sein.«
Susanne überquert die Friedrichstraße. Mozart bleibt zurück. Suzanne dreht sich um. Als Mozart seinen Schnallen-schuh auf die Straße setzen will, wird er unsichtbar. Er streckt einen Arm vor. Unsichtbar. Er runzelt die Augenbrauen. Sein Mund geht auf und zu, aber Suzanne hört ihn nicht. Er kann nicht weiter. Er kann die verdammte Friedrichstraße nicht überqueren.
»Hört, hört, hööört, Ra-che-göt-ter!« Suzanne steht vor Rossmann und singt. Ihre Stimme schwebt in die Höhe. Erhebt sich. Zürnt, leidet. Die Menschen um sie herum bleiben stehen. Morgens um sieben Uhr dreißig im Berufsverkehr. Ihr ganzer Körper schwingt. »Hööört der Mu-u-tter Schwur.« Punkt.
Ein Mann im grauen Wollmantel blickt sich um und drückt ihr, als er weder einen leeren Kaffeebecher noch einen Hut sieht, einen Fünfer in die Hand. Eine junge Frau mit Rastazöpfen zieht die Augenbrauen hoch. Und auf der anderen Seite der Friedrichstraße der Maestro – ist verschwunden.

Nga Do

8 bis 10 Uhr - Spreeufer

Julia zündet sich eine Zigarette an und schlägt ihre Beine übereinander. Ihre Hände vergräbt sie tief in den Taschen ihrer Lederjacke. Die Spree vor ihr liegt ruhig, wie ein Teppich, in dem sich der graue Himmel der Hauptstadt spiegelt. Die Bauarbeiten am Bode-Museum werden wahrscheinlich erst beendet sein, wenn sie weiße Haare hat und ihr alle Zähne ausgefallen sind. Heute beginnt ihre Schicht im Café nicht wie gewöhnlich um acht, sondern erst um zehn. Was sagt ihr Chef auch so spät über WhatsApp Bescheid, dass er vor der Arbeit noch zum Arzt gehen muss. Julia hätte noch eine Stunde länger schlafen können. Der schrille Gesang der Straßenmusikerin in der Friedrichsstraße geht ihr nicht aus dem Kopf. Noch nie hat sie jemanden so schlecht, aber selbstbewusst singen hören. Das war der einzige Grund, weshalb sie kurz im Publikum gestanden hat. Julia hat sich das Leben in Berlin anders vorgestellt. Weniger einsam und definitiv mit weniger Kopfschmerzen am Morgen. Die vollen, muffeligen Bahnen in den Stoßzeiten regen sie so auf, dass Julia seit zwei Wochen nur noch zu Fuß unterwegs ist. Ihr Fahrrad wurde ihr auf der Arbeit geklaut. Genau an dem Tag, an dem Pascal mit ihr Schluss gemacht hat, weil er auf Bumble jemand Neues kennengelernt hat. Angeblich eine TikTok-Influencerin mit 500.000 Followern. Schön, reich und sexy.

Neben Julia raschelt es. Eine kleine Frau mit krummem Rücken wühlt im Mülleimer nach Pfandflaschen. Als sie mit ihren vollen Plastiktaschen vorbeizieht, hält sich Julia die Nase zu. Nichts ist furchtbarer als der Gestank ungewaschener Kleidung. Jemand niest.

»Gesundheit.« Julia dreht sich um.

Ein paar Plätze von ihr entfernt sitzt ein junger Mann in Daunenjacke. Eine Daunenjacke im März? Seine Kapuze ist so groß, dass sie seine obere Gesichtshälfte verdeckt. Auch seine Hände stecken tief in den Jackentaschen. Er wackelt mit den Beinen und wirkt angespannt.

»Wie wär's mit einem Dankeschön?« Julia zerdrückt ihre Zigarette auf dem Boden.

Der Mann schaut zu ihr auf. Er hat mandelförmige Augen und eine dunkle Haut. Seine Stirn ist gerunzelt.

»Verstehst du mich nicht?« Julia tippt an ihre Schläfe. »Dankeschön?«

Kopfschüttelnd dreht sich der Mann von ihr weg. Julia reicht es. Warum sind Großstadtmenschen alle entweder komisch, Fremdgeher oder unhöflich? Sie steht auf und stellt sich vor den Mann hin. Er sieht zu ihr hoch. Seine Lippen sind zu einem geraden Strich gezogen. Zwischen seinen zusammengezogenen Augenbrauen liegt eine kleine Falte.
»Hörst du schlecht?«, fragt Julia.
Das Handy des Mannes klingelt. Er öffnet die Facebook-App. »Alô«, sagt er.
Darauf folgt ein Sturm von Worten, die Julia nicht versteht. Der Mann spricht kein Deutsch.
»Oke, tao đi đây.« Mit dem Handy am Ohr steht er auf, drückt sich an ihr vorbei und geht die Spree entlang Richtung Alexanderplatz.
»Hey!«, ruft Julia ihm hinterher.
Ein heftiger Wind zieht auf. Ihre Rastazöpfe lösen sich. Das ist noch nie passiert. Sie hat das Stadtleben ja so satt.

Cel Silen

10 bis 12 Uhr - Monbijoupark

Eine einsame Taube landet vor Ines' Füßen. Einsamkeit steht dem Vogel in die Augen geschrieben. Ines kann sie sehen, fühlen. Sie nickt dem Tier zu, das Grün und Lila seiner Halsfedern funkelt in stiller Antwort.
Ines steckt ihre Hand in den nächsten Mülleimer, als wäre er eine Höhle im Dschungel. Das Rauschen der Spree könnte auch das des reißenden Amazonas sein, das Gekreische der Kinder die Rufe unentdeckter Kreaturen. Ines ertastet mit der Hand ein feuchtes Taschentuch. Daneben eine Plastikflasche. Sie zieht sie heraus. Kein Pfand. Noch ist der Schatz nicht geborgen. Als Nächstes findet sie einen halb gegessenen Apfel, eine leere Sandwichverpackung. Dann - der Schatz! Ines' Griff schließt sich um die knisternde Tüte.
»Siehst du? So geht das.« Sie holt das halb gegessene Brötchen heraus, reißt ein Stück ab und hält es der einsamen Taube hin. Die pickt vorsichtig daran, nimmt es auf und fliegt davon. So missverstandene Tiere, so sauber und fürsorglich. Viel zu gut für diesen Dreck.

Ines reibt sich den schmerzenden Rücken. Am liebsten würde sie sich wieder hinlegen, dabei hat der Tag gerade erst begonnen.

Ein junges Pärchen kommt ihr auf dem Fahrrad entgegen, der Mann tritt fest in die Pedale, die Frau sitzt auf dem Gepäckträger und klammert sich an seine Taille. Sie lacht. Ein rot-weiß kariertes Tuch ziert ihre Stirn. Eine Piratin.

Ines tritt zur Seite, um nicht in ihren Weg zu geraten. Für das Piratendasein ist sie zu alt und zu schwach. Sie kichert in sich hinein. Aber den Geruch, den hat sie noch in der Nase. Und den Wagemut. Sie schultert ihre Tüte und humpelt zum nächsten X auf ihrer Karte, über Zigarettenstummel und totgetretenes Gras, durch eine viel zu süße Rauchwolke, vorbei an einem Stromkasten voller Genitalbemalung.

Leichtfüßig landet eine neue Taube auf ihrer Schulter. Ines dreht ihren Kopf so weit sie kann.

»Hallo Kleines, du bist noch jung, nicht wahr?«

Die Taube gurrt. Der Spielplatz des Monbijoupark liegt zu ihrer Linken, voll von kreischenden und lachenden Kindern.

»Faszinierend, nicht Kleines?«

Die Taube antwortet nicht, nicht sofort. Nach einer Weile knabbert sie an Ines' Ohrläppchen.

»Ach, bist du nur deshalb hier? Na gut.« Ines reißt noch ein Stück vom Brötchen ab. Die

Taube nimmt es und isst es gleich auf Ines' Schulter, auf dem Buckel ist ja genug Platz dafür. Wenigstens dafür ist er gut.
Das X wird belagert. Ein Herr im feinen Anzug mit ordentlich grauem Bart hat sich an den Mülleimer gelehnt und scrollt auf seinem Handy, zweifellos auf der Suche nach dem nächsten lukrativen Geschäft. Die Blätter über ihm rascheln, der nächste Frühlingsregen kündigt sich an, ein Monsun!
»Was meinst du, Kleines?«
Die Taube flattert davon. Sie landet auf dem Mülleimer und gurrt, pickt am edlen Stoff des Händlers. Der zuckt zusammen.
»Hey!«, ruft er und wedelt mit der Hand, doch die Taube gurrt nur.
Der Händler steckt sein Handy weg und flieht. Und Ines lacht. Lacht, wie sie es lange nicht mehr getan hat, nicht mehr seit sie ihre Wohnung verloren hat, seit ihre Kinder sich nicht mehr melden, seit ihre Rente nicht mehr reicht. Sie lacht immer weiter. Warum sollte sie auch aufhören?
Kleines landet wieder auf ihrer Schulter. »Arr.« Ines kichert ausgelassen, wie es sich für eine Piratin gehört. »Bereit, ein paar Schätze zu bergen?«

Thea Lingenberg

12 bis 14 Uhr - Torstraße

Engelbert ist sich sicher: Heute wird Cheyenne ihn verlassen. Fluchend flieht er vor einer dieser geflügelten Ratten, während er sich in Gedanken schon die Koffer packen sieht. Das hämische Lachen der verdreckten Obdachlosen untermalt seine Flucht durch den Monbijoupark. Er überquert die Oranienburger Straße und läuft die Straßen entlang.
Es ist erst März, doch die Touristen drängeln sich bereits auf den Bordsteinen wie eine himmlische Plage.
Eine Frau mit kurzen blonden Ringellocken rennt Engelbert mitten vor die Füße. Er springt zur Seite, stößt gegen etwas Hartes und steht einem stämmigen jungen Mann gegenüber.
»For fucks sake, dude. Move!«
Engelbert blickt in die gelben Augen eines Weißkopfseeadlers. Darüber die einladende Botschaft: *Don't mess with Texas!*
»Sorry, Sorry.« Er hebt besänftigend die Hände und weicht zur Seite aus. Ein Schwung chinesischer Touristen schiebt sich zwischen ihn und den T-Shirt-Träger. Sicherheitshalber weicht

Engelbert zurück, bis er die Fensterscheibe eines Ladens im Rücken hat. ASIA SPÄTI. Den Laden kennt er. Der ist auf der Torstraße.
Engelbert stößt die Ladentür auf. Ein Schwall warmer, nach Sternanis und Curry duftender Luft quillt ihm entgegen. Hinter der Theke steht ein ältlicher Mann und telefoniert.
Engelbert geht in den Gang mit den Instant-Nudelsuppen und lehnt sich gegen das Regal.
Serverin M. hat sich nicht mehr gemeldet. Da hilft es auch nicht, *Kleinanzeigen* wieder und wieder neu zu laden.
Wer hätte gedacht, dass die Meissner-Marmorfigur eines »Amor als Schmied, Herz hämmernd« mal das Ende seiner glücklichen Ehe einläuten würde. Und alles nur, weil er die Erinnerung an den Hochzeitstag in dem *urgent meeting* mit seinem Chef weggedrückt hat.
Kündigung. Nach zehn Jahren. Seine *efficiency* sei *lacking*. Sein *sales record disastrous*. Nein, keine weitere Chance. Also einfach mal arbeitslos mit vierundfünfzig, einem Baukredit von dreihunderttausend und einer Frau, die zum Hochzeitstag Porzellanfigurinen im Wert von achthundert Euro gewohnt ist.
Der Ausweg: Die Meissner-Porzellanfigur günstig und auf den letzten Drücker über *Kleinanzeigen* kaufen. Zweihundert für den Amor. Ein

Angebot, zu schön, um wahr zu sein. Er hätte es wissen müssen. Jetzt sind auch noch die fünfzig Euro Anzahlung futsch.
Die Knie werden ihm weich und er hockt sich hin. In seinem Rücken knistern die Verpackungen von Ramen-Nudelsuppen. Die gesprenkelten Fliesen des Ladens sind so trist und hoffnungslos wie Engelbert sich fühlt.
Etwas ziept an seinem Hosenbein. Engelbert fuchtelt unwirsch nach dem Störenfried, trifft mit der Hand auf etwas Hartes, ein rundes Ding schlittert ihm vor die Füße. Vier kurze Beinchen strampeln wie in Zeitlupe. Eine Schildkröte. Eine Schildkröte im Ramen-Nudelsuppengang.
Engelbert streckt die Hand aus. Fährt ihr über den Panzer, der sich glatt anfühlt wie geschliffene Kieselsteine. Die Schildkröte zieht bedächtig die Beine ein. Nur der Kopf lugt noch ein bisschen aus dem Panzer hervor. Braune Augen blinzeln ihm entgegen.
Glück, hat der Vater mal gesagt, kommt in vielerlei Formen.
Engelbert zückt seinen Geldbeutel. Er legt hundertfünfzig Euro auf die Theke.
»Die Schildkröte. Ich nehme sie.«

Alexandra Harth

14 bis 16 Uhr - Auguststraße

Eine Sechs mit vier Nullen. Sechzigtausend. 60.000 Gedanken. Jede Sekunde ein neuer Gedanke. So viele Gedanken denkt ein Mensch pro Tag. Das hat Greta eben in der U-Bahn gelesen.

Hier im Scheunenviertel kann sie eigentlich nur eins denken: Es ist zu voll, verpisst euch aus meiner Stadt, ihr seid zu viele. Sind das drei Gedanken oder nur ein einziger?

Im Schaufenster sieht sie ihr Spiegelbild. Vor ihrer Schicht im Café muss sie unbedingt die blonden Ringellocken bändigen, sonst bekommt sie wieder Ärger mit Henning. Gedanke Nummer zwei! Es ist doch immer der gleiche Scheiß, an den sie denkt. Nichts Fantastisches, nur grauer Alltag: Nike aus der Kita abholen. Nike zum Turnen bringen. Einkaufen. Das Lastenrad reparieren lassen. Die Stromrechnung bezahlen. Hoffentlich kümmert sich Julien heute um alles. Sie hat ihm vorhin extra noch eine Whatsapp geschrieben.

Die fahle Märzsonne hat tatsächlich schon ein paar Gäste vor den Laden gelockt. In rote De-

cken gehüllt nippen sie an ihren von Schaum gekrönten Tassen und geben sich Mühe, instagramable auszusehen.
Henning hinter dem Tresen hebt die Hand, als wollte er eine Fliege verscheuchen. Beeil dich, soll das heißen. Dabei hat sie noch fünf Minuten, bevor ihre Schicht um drei beginnt.
In der Küche hackt Miguel mit dem Messer im schnellen Stakkato auf ein Holzbrett. Der Zwiebelgeruch treibt ihr die Tränen in die Augen. Er blickt über die Schulter, ohne das Schneiden zu unterbrechen. »Hola Greta. Wie geht`s?«
»So lala, wie immer.« Sie schiebt sich an ihm vorbei und öffnet die Tür zum Mitarbeiterklo. Schnell die Haare hochstecken und eine Runde Lippenstift auflegen.
Wo genau hat der eine Gedanke eben aufgehört und der neue begonnen? Ein Tag hat doch nicht nur 60.000 Sekunden. Das ist doch unberechenbar. Wahrscheinlich haben sie die Schlafenszeiten abgezogen. Dabei denkt man im Traum ja auch irgendwie weiter. Egal.
Henning schiebt ihr ein gefülltes Tablett über den Tresen, ein Flat White und zwei Chai Latte stehen darauf. »Geht alles an die sechs«, sagt er, »draußen.«
Sie balanciert das Tablett auf der rechten Hand, drückt mit der linken die Klinke nach unten,

mit dem Po schiebt sie die Tür auf. Das wird sie in den nächsten vier Stunden an die hundert Mal machen. Sie sollte endlich ihre Doktorarbeit zu Ende schreiben und einen richtigen Job suchen. Auch, um den Umzug zu finanzieren. Die Vermieter haben letztens angedeutet, dass ihr Sohn bald studieren wird und sie die Wohnung dann brauchen. »Eigenbedarf« heißt sowas heute. Ein Berliner Fachbegriff, den sie Julien erst erklären musste. Vielleicht sollten sie doch lieber wegziehen, raus nach Brandenburg, in eine Kleinstadt. Uta und Björn aus der Kita haben das auch gemacht.
Die russischen Tussis an der sechs geben ihr nur 50 Cent Trinkgeld. Ja sorry, dass sie Englisch gesprochen hat. Sieht man ihnen ja nicht an der Nasenspitze an, dass sie keine Touris sind. Die in der Lederjacke drückt ihre Zigarette auf dem Kuchenteller aus. Echt jetzt?
Wenn alle Berliner jeden Tag 60.000 Dinge denken, dann macht das 3,8 Millionen mal …
»Woran denkst du?« Miguel zündet sich eine Zigarette an und hält ihr das Päckchen hin. Seine Fingernägel sind schwarz lackiert.
»Ach«, Greta zupft an einem der braunen Filter, »an nichts eigentlich.«

Anna Mai

16 bis 18 Uhr - Silberstein- straße

Sie sitzen draußen, weil Elena raucht wie ein Schlot. Die Sonne ist hinter einer Wolke verschwunden. Raisa klappt den Kragen ihrer Jacke hoch. Der Chai Latte ist inzwischen kalt. Fünf Euro fünfzig für ein Glas. Das Café liegt fußläufig zwischen Elenas Kanzlei und Danas Praxis. Nur Raisa braucht dreißig Minuten bis hierher, aber sie haben sich so lange nicht gesehen.

»Jonas organisiert heute Abend bei dir um die Ecke eine Bürgerversammlung.« Dana streckt Raisa das Handy entgegen. *Kiezblocks Neukölln.* »So cool, was der auf die Beine stellt. Und bestimmt ist er immer noch so sexy, wie in der Schule.«

Heute Abend? Die Babysitterin nimmt fünfzehn Euro die Stunde. Und vor großen Gruppen bekommt sie eh kein Wort heraus. Raisa schaut aufs Handy. Fast vier.

»Ich muss los.« Sie winkt der Kellnerin.

»You want to pay?«, fragt die im Vorbeigehen. Raisa nickt.

»Hat die grad' Englisch mit dir geredet?« Elena spricht jetzt Deutsch. Das tut sie immer, wenn sie wütend ist, obwohl sich auf Russisch viel besser fluchen lässt.

»Wir sind in Mitte. Reg dich nicht auf. Die denkt, wir sind Touristen«, sagt Dana.

Elenas Augen blitzen. »Die denkt: schwarze Haare. Du nix verstehen – Ausländer.«

Die Kita schließt um halb fünf. Raisa muss los. Hastig zählt sie sechs Euro auf den Tisch. „Klar, dass du kneifst.“ Elena versteift sich, als Raisa sie umarmt. „Du hältst die Klappe, wie immer.“

Es ist 16:28 Uhr, als Raisa an der Hermannstraße aus der U-Bahn steigt. Wenn sie rennt, braucht sie noch fünf Minuten. Timur wartet mit der Erzieherin vor der Tür in Jacke und Mütze. Er will ihr entgegenlaufen, aber die Erzieherin hält ihn fest, bis Rasa direkt vor ihr steht. *Zu spät,* steht deutlich in ihrem Gesicht.

»Bis morgen, Kleiner.« Die Erzieherin dreht sich um und geht. Wenigstens lässt sie ihre Wut nicht an Timur aus.

Der Feierabendverkehr schiebt sich durch die Silbersteinstraße. Timur erzählt etwas von Drachen, aber Raisa versteht bei dem Verkehrslärm nicht viel. Beim Dönerladen schlägt Timur mit seiner kleinen Faust gegen die Fensterscheibe, bis Achmed ihm zuwinkt. Timur lacht und rennt weiter. Ein verbeulter Golf biegt rechts ab zum Sportplatz.

»Halt!« Raisa nimmt ihn an die Hand. Sie warten, bis die Straße frei ist. Im Schaufenster des Bestattungsinstituts sitzt die silberne Katze zwischen den Urnen. Ein Dackel schießt heran und bellt, Timur drängt sich ängstlich an Raisa. Beim alten Gründerzeithaus steigt er die drei Stufen zum Eingang hinauf und streckt Raisa die Arme entgegen. Sie nimmt seine Hände und er springt hinunter. Nochmal und nochmal. Danach rennt er zu dem Balkon mit den bunten Graffitis.

Wissen die Verkehrsplaner eigentlich, wie lange achthundert Meter an der Silbersteinstraße sind, zu Fuß mit einem Zweijährigen? Auch wenn Timur die Straße jeden Tag neu entdeckt wie Kolumbus Amerika, wünscht sich Raisa weniger Autos, weniger Lärm und mehr Bäume. Eine Straße, auf der Timur, wenn er älter ist, alleine zum Bäcker an der Ecke gehen kann.

Als Timur später mit Apfeltee und Käsebrot am Küchentisch sitzt, unterschreibt Raisa die Petition für Jonas' Kiezblocks. Für Timur und die Kinder in Neukölln.

Amy Holbach

18 bis 20 Uhr - Fremde-Pfützen-Straße

Qualmende Aschestummel. Risse im Beton. Einer riecht ganz besonders intensiv nach Urin. Horst schnuppert den Riss entlang bis zu einer Pfütze. Ein stechender Geruch. Das muss Horst genauer anschnüffeln. Ein fremder Pinkler. *Sehr interessant.*
Horsts Wächterin wartet nicht auf sein Signal, dass mit der Pfütze alles in Ordnung ist. Ob sie weiter untersucht werden muss, ob er, Horst, Zentralhund höchstpersönlich, seine Anwesenheit markieren oder sie so sofort fliehen müssen. Nein, seine Wächterin zerrt ihn einfach weiter.
Das könnte die *Fährte sein!* Horst fiept und fiept. Vergeblich. Seine Tatzen kratzen über den Boden, dann lässt er den Protest sein. Seit er das neue Geschirr hat, das auch über seinen Rücken geht, fühlt es sich wenigstens nicht mehr so an, als würde ihm der Hals abgeschnürt.
Ein Heulen schwillt an. Durch die Dämmerung rast einer dieser Vierbeiner mit den schnellen

runden Pfoten und dem blinkenden Licht auf dem Kopf an ihnen vorbei. Horsts Wächterin hält sich die Ohren zu. Der heulende Vierbeiner verschwindet um eine Ecke.

»*Boah*«, kläfft Horst ihm zur Sicherheit nach. Der Heuler denkt, er kann auftauchen, wo er will und Lärm machen. Pah!

Horsts Wächterin ist sehr empfindlich; eine schlechte Voraussetzung für den Wächterposten. Horst hat sie trotzdem lieb. Und deshalb muss er sie vor den Gefahren hier draußen beschützen, so als Leittier.

Horst strafft seinen langen Rücken und reckt die Schnauze nach oben. Er umrundet einige entgegenkommende Tatzen. Heute sind viele Rudelfremde unterwegs. Manche von ihnen haben Futter in den Pfoten. *Interessant. Sehr intere...*

Ein Ruck. Seine Wächterin kläfft und zerrt Horst zu sich. Sie ist mindestens sieben Rückenlängen vor ihm. »*Boah!*«, bellt Horst zurück. Sie soll sich doch hinter ihm halten. Sie ist felllos. Sie traut sich nie, ihr Revier zu markieren. Unbeholfen wie ein Neugeborenes. So jemand muss beschützt werden. Aber sie hält sich für das Leittier, auch wenn Horst schon oft versucht hat, ihr das abzutrainieren.

Er legt einen Zahn zu, überholt seine Wächterin, flitzt voraus, dass ihm die Ohren nur so in die Luft fliegen und gegen seinen Kopf klatschen. Flieg, klatsch, flieg, klatsch. Jetzt übernimmt er die Führung. Jawohl! Jetzt zeigt er seiner Wächterin mal, wer hier das Sagen ...

Halt! Gefahr! Ein fremder Wächterwelpe. Direkt vor ihnen. Schon wieder. Ständig muss er ihresgleichen in die Luft schlagen. Wächterwelpen sind die schlimmsten. Die fassen Horst einfach an und ziehen ihm an Fell und Ohren. Unglaublich! Welpen, die nur mit ihren Müttern unterwegs sein können, haben hier nichts verloren. Mit all den Gerüchen und Geräuschen können sie nichts anfangen. Verantwortungslose Eltern sind das.

Horst bleibt stehen und beäugt den Welpen genauer. Der kommt ein paar Schritte näher. Streckt eine kleine Pfote nach ihm aus. Fletscht die kleinen Zähne.

»*Boah!*« Horst schnappt in seine Richtung, aber seine Wächterin zieht ihn sofort zurück. Na ja, Schnappen ist eh nicht mehr Horsts Stärke, seit er damals beim Gassi gehen diesen Napf ums Maul bekommen hat. Wenn seine Wächterin das noch einmal macht, dann muss Horst härtere Geschütze auffahren, so als Leittier. Das lässt er sich nicht mehr gefallen. Pah!

Silke Stend

20 bis 22 Uhr - Platz der Luftbrücke

Blaue Lichtreflexe erhellen die Fassaden. Tom gibt Gas. Ein Druck auf den Knopf in der Mittelkonsole und die Sirene beginnt zu heulen. Im Funk fragt die Leitstelle nach Quittierung der Einsatzannahme.

»Quittierst du bitte, Darja!«

Tom schaut über die Schulter, er biegt ab. Ein roter Kleinwagen quetscht sich an die Seite, lässt ihn passieren.

»Darja, Quittieren!«

Tom ist lauter als die Sirene. Darja auf dem Beifahrersitz rührt sich nicht. Ein Auto in zweiter Reihe blockiert ihnen den Weg.

Tom drückt den Funkknopf. »Wagen 52-03 verstanden. Sind auf dem Weg.«

Er nimmt die Kurve links auf den Columbiadamm, biegt ab, auf dem Fahrradweg kommt er zum Stehen. Raus aus dem Auto. Vor dem Luftbrückendenkmal stehen Leute. Er schiebt sich an den Schaulustigen vorbei. Eine ältere Dame mit einem Einkaufstrolley schimpft ihm hinterher. Die Hungerkralle leuchtet im Blaulicht in einem jetzt stummen Rhythmus auf. Blau, dunkel, blau, dunkel. Ein Kind an der Hand seiner Mutter starrt Tom fasziniert an, alle anderen schauen nur hoch zum Denkmal. Oben auf dem Beton zwischen zwei der drei Streben hockt ein Kerl in kurzen Jeans und dunklem Shirt.

»Rosinenbomber!«, schreit er und klatscht der Menschenmenge entgegen. Gefährlich schaukelt er hin und her. »Rosiiiiinenbomber!«

Die Menschen murmeln. Jemand lacht.

»Polizei!« Tom bleibt am Rand der Schaulustigen stehen. »Kommen Sie runter da!« Wie genau der Kerl da überhaupt raufgeklettert ist, bleibt ein Rätsel.

Eine junge Frau mit Brille holt ihr Handy aus der Bauchtasche ihres Pullis hervor. Schaut ihn an. Lässt es wieder sinken. Immer diese Gaffer. Am Ende alles auf Facebook. Hasskommentare. Scheißbullen und so weiter. Wie schickt man die am besten alle heim, ohne Aufstand und fliegende Glasflaschen? Tom sieht sich um. Vermutlich alles Anwohner. Zufällig Vorbeigekommene. Wenn es zu lang dauert, wird denen bald langweilig.

Darja taucht auf der gegenüberliegenden Seite des Halbkreises aus Menschen auf. Sie schaut in die Menge, zu dem Typ, zu Tom und wieder in

die Menge. Ihre Stirn glänzt. Nicht gut.
»Das ist Beschädigung eines städtischen Denkmals!«, schreit sie zu dem Typ hoch.
»Ro-si-nen! Ro-si-nen! Ro-si-nen!« Der Typ klatscht im Takt.
Darja legt demonstrativ die Hand an die Waffe an ihrem Gürtel.
Nicht gut. Gar nicht gut. Die Leute hinter ihm werden unruhig.
»Runter da!«, schreit sie. Ihre Stimme ist schrill.
»Runter da«, äfft sie jemand kichernd nach.
Das Mädchen hebt jetzt doch das Handy und rückt ihre strassbesetzte Brille zurecht. Mist. Und das um halb neun.
»Kommen Sie sofort runter.« Darjas Stimme überschlägt sich.
»Ro-si-nen. Ro-si-nen. Ro-si-nen!« Der Typ steht auf. Auf dem meterhohen Betonrand ist wenig Platz zum Balancieren. »Ro! Si! Nen!«
Ein paar Leute in der Menge klatschen im Takt. Die Stimmen vereinen sich mit dem On-and-off des Blaulichts. Der Typ hoch oben lacht. Er ist jetzt Rockstar im blinkenden Licht auf seiner Bühne. Das Mädchen mit Brille filmt die Menschen um sie herum. Die Alte mit dem Trolley klatscht belustigt in die Hände und verlangt nach Rosinen. Nachtschicht hat doch gerade erst angefangen.

Lisa Feßler

22 bis 24 Uhr - U-Bahnhof Mehringdamm

»Rosinenbomber schlägt wieder zu! Durchgedrehter Oberschurke beschädigt Luftbrückendenkmal! Kreuzberger Superheldin mit Laserblick holt Mann von der Hungerharke!«
Brillenschlange, im graugrünen Outfit mit funkelnder Brille, verschwindet im rauchverhüllten, dunklen Straßenschlund.
Unten in der U-Bahnstation Mehringdamm taucht Soph auf, im grünen Hoody über ihrem Cosplay-Outfit. Sie holt tief Luft, dreckmetallstaubig riecht es hier. Bei Brillenschlange riecht es immer nach Waffenöl und Billigparfüm. Mann, wie sie diesen Typen runtergeholt hat mit ihrem Laserblick. Die Bullen haben ganz komisch geguckt, aber Brillenschlange war superbeschäftigt mit dem Rosinenbomber. Als Superheldin hat sie eben immer superviel zu tun.
Soph lacht vor sich hin, Mann, das wäre doch echt ein Superfilm. Das Licht in der U-Bahn ist schummrig, auf dem Monitor läuft schwarzblau-violett Werbung für die Marvels. Auf dem

anderen Bahnsteig fährt gerade die Bahn nach Rudow ein, ihre Linie, aber sie will noch nicht nach Hause. Es ist nicht mal Mitternacht, und Lynn und Pasta sitzen sicher noch vor der Volksbühne am Rosa Luxemburg-Platz.

Ihre Brille ist verrutscht, sie schiebt sie zurück. Dabei stiefelt sie über die weiße Linie auf die Marvels-Werbung zu und läuft an der Kante den Bahnsteig entlang.

»Kipp nicht aufs Gleis«, sagt eine Frau.

Soph zuckt zusammen, fast wäre sie echt vom Bahnsteig gekippt. Die Frau grinst sie an, irgendwie arrogant, wie sie sich ganz in Schwarz auf der Bank zurücklehnt. Soll sich nicht so haben, so viel älter ist die nicht, und selbst mit der dicken Brille sieht Soph besser aus. Die Stiefeletten der Frau sind okay, schwarz natürlich. Ihr Rucksack steht neben ihr auf der Bank, darauf prangt im zackigen Stern das Logo der Berliner ComicCon.

»Von meiner kleinen Schwester«, sagt die Schwarzgekleidete.

Tja, schade. Soph zuckt mit den Schultern und setzt sich neben sie. U6 in 2 Minuten, sagt die Anzeige, die über ihnen hängt.

»Schon mal was von Kontaktlinsen gehört?«, sagt die Frau. Dabei schielt sie runter auf Sophs Schlangenstiefel, die echt super sind.

»Klar«, sagt Soph. Sie schaut der Frau direkt ins Gesicht – hübsch ist sie, zart unter der Arroganz. »Aber ohne die Brille würde mein Laserblick dir jetzt die Haut wegätzen.«

Sie hat diesen Spruch vor dem Spiegel geübt, und die Frau schreckt tatsächlich zurück. Und lehnt sich im nächsten Moment vor, schaut in die Richtung, aus der die U6 gleich kommt, und lacht los.

»Untoppbar«, sagt sie und lacht noch lauter, »gestern der Brokkoli-Typ und jetzt du.«

Brokkoli? Soph fragt: »Wohin fährst du?«

Aus dem Tunnel bläst schon der Luftzug, tief drin rattert die Bahn aus Marienfelde heran.

»Ich steig Stadtmitte um. Rosa Luxemburg-Platz.«

»Ich auch!« Soph ist direkt begeistert. »Können wir noch 'n Stück zusammenfahren.«

»Und du verrätst mir, woher du die geilen Stiefel hast.«

»Klar.« Kein großer Geheimtipp: das Internet.

»Wie heißt du denn?« Soph ist ziemlich sicher, dass sie darauf keine Antwort kriegt.

Doch »Linda«, sagt Linda, und Soph findet, der Name passt. »Und du?«

»Soph«, sagt Soph. »Aber du kannst Brillenschlange zu mir sagen.«

DIE OTTILIEN

Die Ottilien sind zehn Autorinnen, die sich während ihrer Schreibausbildung im Jahrgang XIV der Berliner Autorenschule Schreibhain kennengelernt haben. Ob selbst Berlinerin oder nicht, jede Ottilie im Kollektiv hat in Berlin non-stop ihre eigene Handschrift einfließen lassen. Neben ihrer Liebe zum Schreiben teilen die Autorinnen ihre Sympathie zu Ottern, ihrem Schreib-Seelentier.
Die Ottilien sind Alexandra Harth, Amy Holbach, Anna Mai, Cel Silen, Johanna Preusse, Katharina Zeyse, Lisa Feßler, Miki Do, Thea Lingenberg und Silke Stend.

Loved this book?
Why not write your own at story.one?

Let's go!

Zeitfracht Medien GmbH
Ferdinand-Jühlke-Straße 7,
99095 - DE, Erfurt
produktsicherheit@zeitfracht.de

FSC
www.fsc.org
MIX
Papier | Fördert
gute Waldnutzung
FSC® C083411